Viva la vida

Víctor Rey

Para Denise, mi querida hija y la cantante de nuestra familia. Denise ama cantar y bailar, y lo hace con talento y pasión. Ella nació con ese obsequio divino; creo que es un don que proviene de su alma.

CONTENIDO

Agradezco a mi esposa e hijas por su
incondicional apoyo y
cooperación en la escritura de esta novela; sin
ellas, no lo habría hecho con tanto entusiasmo.
También agradezco la
participación de Sandra Bosque desde Madrid, y
Eduardo Guerrero y Carmen María Swinburn
desde Santiago de Chile.

CAPÍTULO 1

8 de agosto del año 2015. En una hora mi vuelo arribaría a la ciudad de Los Ángeles. Mientras el avión se acercaba a su destino, pensaba en un inoportuno incidente ocurrido la noche anterior al salir del casino Mirage. El sorprendente suceso me indujo a recordar una etapa sombría de mi pasado.

Torrance, California, 1995. Nunca olvidaré ese peculiar día de otoño. El día que definió el fin de los buenos tiempos y el comienzo de la época ominosa.

Solo tenía nueve años de edad. Mi padre, el tío George y yo practicábamos el tema musical *Dust in the Wind*, del conjunto americano Kansas. Era la canción que interpretaríamos en el acto anual de mi escuela en un par de meses. Yo cantaba, mi padre tocaba la guitarra, y el tío George tocaba el violín. El tío George aprendió a tocar el violín en su escuela, y por varios años había sido integrante del grupo musical de la iglesia. Los tres éramos músicos aficionados, pero al parecer lo hacíamos muy bien, ya que cuando nos presentábamos en público nos aplaudían con vehemencia.

Amaba cantar, y me emocionaba cuando los demás comentaban que algún día sería famosa gracias a mi voz prodigiosa. No obstante, también creía entonces que la figura de mi padre era un gran aporte para nuestro humilde trío musical. Él tocaba la guitarra con pasión y siempre se esforzaba por ofrecer un buen show. Además de que su valiosa presencia, su incondicional apoyo y su actitud cariñosa me incitaban a cantar mejor.

Mi nombre es Cristina Murray, pero me llaman Cristi. Soy la única hija de Robert y Samanta Murray. Mi madre sufrió complicaciones después de concebirme, y como consecuencia no pudo tener más hijos. En un principio, el mencionado infortunio entristeció a mis padres, pero al pasar el tiempo se conformaron y esa situación no fue obstáculo para que continuaran viviendo una vida armoniosa. En realidad pienso que se trataba de amor. Siempre creí que mis padres se amaban apasionadamente. Era evidente. Los escuchaba decirse que se amaban, veía a mi madre sentada en las piernas de mi padre cuando miraban la televisión, y parecían muy románticos cuando salían a cenar a su restaurante favorito. Sin duda eran muy felices y gozaban de una excelente relación. Por cierto, también tenían sus divergencias, y muchas veces estas brotaban por causa mía. Mi madre solía ser la figura disciplinaria del hogar, e incluso llegaba a ser autoritaria en ocasiones. Por lo menos lo era para mí, y por esa razón no congeniábamos.

Durante esa etapa, suponía que mi madre competía conmigo por el amor de mi padre; y que el hecho de que mi padre y yo fuésemos cómplices y amigos inseparables le fastidiaba. Cuando se originaba un conflicto entre las dos y mi padre estaba presente, él acudía a mi rescate y casi siempre me daba la razón. Esa situación indignaba a mi madre y, como es lógico, generaba problemas entre ellos. Ni mencionar cuando no se hablaron por una semana, debido a que mi madre me dio una bofetada por contestarle un disparate. La verdad es que en ese período detestaba a mi madre, y por lo tanto deducía que no nos amábamos. Sin embargo, más tarde descubriría lo opuesto. Hoy creo que solo se trataba de que yo era una chiquilla rebelde, que algunas veces conseguía agotar su paciencia.

Otro miembro de nuestra familia era el tío George. Él no era un familiar directo, sino el mejor amigo de mi padre desde los tiempos de la escuela. Además de ser amigos de siempre, los dos trabajaban como vendedores en la misma compraventa de automóviles local. Pese a ser poco usual, cuando mi padre contrajo matrimonio con mi madre, su relación amistosa con el tío George no se distanció, al menos no por un largo tiempo ni por esa razón. Al contrario, siguieron realizando sus actividades preferidas en los tiempos libres, como las salidas a conducir sus motocicletas, las idas al estadio a ver jugar a su equipo favorito o las escapadas al club hípico. Quizás las carreras de caballos no fueran el mejor hobby del mundo para muchos, pero a mi padre y al tío George les apasionaba y lo practicaban con cordura. Los fines de semana solían reunirse en nuestro hogar para tomar unas cuantas cervezas, y en ocasiones unas cuantas de más; aun así, todos sus hábitos parecían estar bajo control. Los domingos asistíamos a la iglesia local, donde la presencia del tío George era infalible. Era un católico devoto, y tocaba el violín en cada misa. Al pasar el tiempo, y tras participar en numerosas actividades de mi padre y el tío George, mi madre también llegó a convertirse en su amiga.

El tío George era habitual en nuestras vidas; siempre estaba con nosotros, tocábamos música juntos, compartía tiempo con mi padre y con mi madre, e incluso, visitaba a mi madre cuando mi padre estaba ausente. Gozaban de una amistad sin prejuicios y, a pesar de que el tío George nunca se había casado, mi padre confiaba tanto en él como en mi madre. No obstante, la relación entre mis padres y el tío George no dejó de generar chismes entre la comunidad y entre algunos familiares. Se comentó que el tío George estaba enamorado de mi madre, pero suponían ser murmuraciones mal intencionadas que mis padres prefirieron ignorar. En ese entonces creíamos que, lo más probable era que todo aquello se tratara de envidia a la linda relación que teníamos.

Así es, envidia porque éramos felices, a diferencia de otros hogares con problemas, como el de mi mejor amiga, Debby. Sus padres estaban divorciados y ella vivía con su madre. Debby no era feliz y siempre la comprendí. ¿Quién podía serlo sin la figura de su padre? Por lo menos así lo veía en esos dias. Debby y yo éramos las mejores amigas y formábamos parte de un grupo de cinco amigas del mismo vecindario y de la misma escuela. Todas nos adorábamos y siempre nos reuníamos, a veces en el parque, otras en fiestas o cumpleaños; éramos inseparables, y nuestra fraternal relación invitaba a nuestros padres a ser amigos también, a pesar de no percibirse el afecto mutuo entre algunos de ellos. Como por ejemplo entre mi madre y Nancy, la madre de Debby. Mi madre aseguraba que Nancy coqueteaba con mi padre en los eventos a que asistíamos, y esa sospecha me parecía muy acertada. En esos tiempos lo veía lógico: mi padre era bello, simpático y tenía un buen trabajo, nos proveía de una cómoda vida y mi madre no necesitaba trabajar. Nancy era apuesta y poseía un buen trabajo, pero, era divorciada y no tenía pareja. Sin duda, ella deseaba estar con alguien como mi padre. Esa era mi hipótesis y la de mi madre en referencia a Nancy.

Solo algunas de mis amigas y amigos disfrutaban de un ambiente familiar placentero; más bien sus vidas siempre estaban alteradas en algún aspecto. En esa etapa comprendía que yo era una niña privilegiada, y en gran parte nuestro éxito lo atribuía a la valiosa contribución de mi padre. Lo amaba, era mi estrella, jamás aceptaría estar lejos de él, no después de haber vivido todo aquello juntos, no después de haber dependido por nueve años de su protección y cariño, período durante el cual habíamos desarrollado una unión superior. Recuerdo la satisfacción en su rostro cuando me llevaba al parque y se enorgullecía tanto de mí, especialmente cuando los demás le comentaban lo bella que yo era, lo tanto que me parecía a él, o mencionaban el lindo color de ojos que ambos compartíamos.

Viva la vida

CAPÍTULO 2

Cuando cumplí cuatro años, mis padres me llevaron a Disneyland por primera vez. El afamado parque de entretenciones me hechizó, y por los siguientes cinco años, para cada uno de mis cumpleaños, ese sería mi regalo preferido: una visita a Disneyland. Mi madre solo participó la primera vez; ella no concordaba con la idea de llevarme cada año a ese lugar, lo consideraba un exceso, y suponía que mi padre me malcriaba al complacerme en ese y otros caprichos. Siempre las visitas a Disneyland con mi padre resultaban ser una experiencia maravillosa. Subíamos a todos los juegos, y disfrutábamos como nadie al pasar el día en el grandioso parque. Cuando llegaba la noche ambos terminábamos extenuados por la activa jornada. Yo me desplomaba de cansancio y me dormía, y mi padre me acarreaba en sus hombros a través del vasto recinto hasta nuestro vehículo, siempre con buena voluntad. Él era mi amigo, un amigo mágico, al igual que todo momento que entonces viví con él, todo momento y circunstancia, incluyendo una simple conversación, o cuando practicábamos una canción. Yo fijaba mi vista en sus destellantes ojos azules; él me miraba con esa tierna expresión y la sutil sonrisa que lo caracterizaban, me escuchaba y prestaba total atención hacia lo que a mí concernía; sin duda en esa época él me amaba.

Recuerdo cuando me llevaba a la escuela, y esa vivificante sensación cada mañana al caminar junto a él. Me sentía tan segura próxima a ese individuo que marchaba con seguridad y, al mismo tiempo, sujetaba mi mano con vigor. Me creía exclusiva, y la vanidad me superaba cuando los demás nos observaban. Me sentía más afortunada que cualquier otra niña perteneciente a mi pequeño mundo. Luego llegábamos a la entrada de mi escuela, él besaba mi frente y esperaba a que ingresara al recinto; con una última sonrisa y un último adiós nos separábamos. Esa rutina se repitió cada día de escuela por cinco años. Todo fue tan hermoso mientras duró.

Los fines de semana largos íbamos a acampar. Hacíamos fogatas de aspecto barbárico al anochecer, y las historias de terror reinaban en el nocturno y a veces tétrico ambiente, y los *hot dogs* con chile aparecían cuando el hambre nos doblegaba. Recuerdo las celebraciones con nuestros familiares y amistades y, por cierto, las presentaciones musicales que ofrecíamos a nuestros invitados, o de lo contrario la fiesta no se consideraba completa; después de todo éramos el conjunto musical más famoso de la familia y del vecindario. También recuerdo los viernes o sábados por la noche en compañía de mi tía Bianca.

Ella me cuidaba cuando mis padres salían a cenar a su restaurante favorito, o a alguna fiesta con sus amistades.

Después de jubilar, mis abuelos paternos se mudaron a una amena residencia en Solana Beach, un bello lugar costero a poco más de una hora de de nuestra ciudad. Debido a la cercanía, los visitábamos con frecuencia. Mi padre solía llevarme en su motocicleta por la ruta junto al mar. Él conducía su moto con pericia, y mientras avanzábamos a gran velocidad, yo me aferraba a su espalda como un molusco adherido a una roca. Me sentía segura pero también sentía temor. En especial cuando el viento azotaba mi cuerpo con violencia en un esfuerzo por apartarme de mi guardián, o cuando la llovizna salina salpicaba mi cara por cada ola que reventaba en contra de la retención de la carretera. No obstante, en ese entonces, el exótico olor marino me recordaba la apasionante vida que vivía, y por esa y otras razones era una niña feliz.

Víctor Rey

CAPÍTULO 3

Mis abuelos maternos también aportaban su cuota de cariño y positivismo a nuestra familia, y sin duda su aporte era vital para sustentar nuestra felicidad. Ellos poseían una hermosa granja en el estado de Virginia, situación que nos convertía en privilegiados. La magnífica propiedad había sido patrimonio de la familia de mi madre por generaciones. Mis abuelos nacieron en la granja, así como mi madre y sus hermanos; por consiguiente, en particular los veranos, éramos huéspedes del encantador lugar. Recuerdo las místicas, frías y brumosas tardes adornadas por el musgo verde que crecía en todos los rincones debido a la humedad. Recuerdo las salidas a cabalgar en un caballo negro llamado Alacrán, un robusto e imponente animal que galopaba a través de su territorio con agilidad y autoridad. Yo montaba sobre el cuello de Alacrán y mi padre se acoplaba más atrás; corríamos vertiginosamente por ese nebúloso bosque ignorando cualquier peligro, pero nuestra osadía perduró solo hasta el día en que nuestra suerte se agotó.

Una vez, como muchas otras, nos internamos en el bosque montando a Alacrán. Por una extraña razón, el animal se espantó, y tras levantar sus dos patas delanteras nos hizo caer. Alacrán escapó asustado, dejándonos vulnerables a millas de la civilización, más bien desamparados en un oscuro, húmedo y tenebroso bosque que nos intimidaba. Fastuosos y lúgubres panoramas se exhibían a nuestro alrededor; escenas semejantes a pinturas de paisajes en óleo creadas siglos atrás. Más preocupante aún: espeluznantes leyendas antiguas se escuchaban en esa región.

Los lugareños murmuraban acerca de la existencia de clanes formados por espíritus indígenas hostiles que habitaron el sector en el pasado y quienes, en la actualidad, atacaban a caminantes asociándolos con colonos que transitaban por el área como antes. El aparente misterio oculto en ese territorio nos inducía a pensar que estábamos expuestos a peligros provenientes de otra época. Según una leyenda, almas perdidas y atrapadas en el limbo, dentro de su confusión, todavía procuraban proteger lo que supuestamente les pertenecía, y tras cautivar a sujetos que pasaban por el bosque, los sometían a torturas y muertes pavorosas. Para muchos, el descubrimiento de dos transeúntes muertos y mutilados en el bosque meses atrás, se relacionaba con la conocida leyenda; para otros, habían sido víctimas del ataque de un oso negro. Otra historia narraba la existencia de una bruja inmortal que por su anterior infortunio había jurado vengarse eternamente de la humanidad. Se presumía que la desaparición de algunos residentes era obra de ese u otro mito.

El enigma que envolvía esas tierras por sus populares y macabras leyendas las convertía en un lugar tan fascinante como neurálgico a la vez.

Caminamos por horas, extraviados, sedientos y hambrientos, y por cada paso que dábamos temíamos que algún ser siniestro se nos interpusiese en el camino. Oíamos ruidos mientras avanzábamos, suponíamos que nos acechaban, y que más adelante seríamos presa de una emboscada; entonces deducía que quizás aquello era obra de la bruja malévola o los espíritus indígenas legendarios. Debido a la agotadora caminata mis piernas se empezaban a debilitar, y esa contrariedad obstruía mi marcha. Mi padre me ayudaba y con gran dificultad continuábamos. Pero, aun estabamos perdidos y comenzaba a oscurecer. El frío y la poca visibilidad se volvían en un serio contratiempo; con urgencia debíamos encontrar un albergue. Más tarde, mi padre localizaba un roble milenario que poseía un conveniente orificio en su tronco. Parecía que ese descubrimiento nos protegería del frío y de la llovizna vespertina.

Otras cuatro horas transcurrieron. El reloj de mi padre marcaba las doce de la noche. El viento helado que penetraba por la abertura de nuestro refugio precario y los ruidos nocturnos nos abrumaban. Mi padre me cubría con su cuerpo y sus brazos brindándome calor, y sus palabras de aliento me fortalecían. Aun así, el miedo irrumpía en nuestro albergue mientras el viento y los ruidos se intensificaban. Parecían ruidos de animales hambrientos que esperaban el mejor momento para atacar. Lobos y osos negros habitaban en el sector; por lo tanto, concluíamos que algún animal de esa naturaleza se nos aproximaba. Yo me mantenía aferrada a mi padre. Luego, sobre las hojas secas, escuchábamos los pasos de un animal, como también su agitada respiración. Segundos más tarde, a poca distancia, distinguíamos un par de relumbrantes ojos que nos observaban. La aparente bestia parecía reacia a atacar, y camuflada entre la neblina desde su punto de vigilancia seguía observándonos y gruñendo en espera de su oportunidad. Tan pronto el animal se imponía sobre su incertidumbre, avanzaba hacia nosotros y se nos abalanzaba, pero, con menos violencia de la esperada. Más bien el animal parecía juguetón y feliz de encontrarnos.

Tras superar nuestro pánico, nos percatábamos de que se trataba de Lobo, el perro pastor alemán de la granja de mis abuelos. Luego escuchamos gritos, a los que de inmediato respondimos con furor, y en seguida un grupo de gente, que nos buscaba, apareció. Horas antes Alacrán había llegado solo a la granja y el percance creó gran conmoción. Nuestros familiares asociaron el evento con una posible desgracia y de inmediato un grupo de rescate inició la búsqueda. Nunca me sentí más feliz de verlos a todos, en especial a mi abuelo, quien lideraba el eficaz grupo de rescate. Después de todo, creo que esa noche habríamos sobrevivido, pero solo gracias a la compañía de mi padre y por la protección que él me brindó.

Muchas otras anécdotas fueron parte de los primeros nueve años de mi entonces bella vida. Así es, tantas que ni siquiera podría relatar una fracción de todo lo vivido. Como las nume-rosas salidas de compras con mis padres los fines de semana, las visitas al supermercado o a comer pizza, hamburguesas, helados, etcétera. Cómo puedo describir todas las participaciones con mi familia en actividades de mi escuela, además de los trabajos y tareas en las que mis padres me ayudaron, o actividades en nuestra iglesia, las prácticas de música, de deporte, los juegos de boliche los fines de semana. Cómo puedo detallar los cientos de experiencias que vivimos juntos; como puedo referirme a todo el tiempo que mi padre me dedicó, a toda esa cooperación mutua derivada del amor. Nuestro mundo parecía tan sólido, que nunca temí que alguna vez se fuese a derrumbar por alguna razón. La dicha nos acom-pañó por mis primeros nueve años, pero después de esa etapa nuestra vida cambió, y una serie de sucesos inesperados empezaron a presentarse. Se comentó que debido a esos cambios mi perso-nalidad sufrió una transformación, y estoy segura de que así fue.

CAPÍTULO 4

Ese año, antes de finalizar mis vacaciones de verano, mi madre y yo fuimos de visita a la granja de mis abuelos en el estado de Virginia. De regreso a nuestro hogar en California, nada nos parecía diferente a como lo habíamos dejado antes de salir, a excepción del comportamiento de mi padre. Algo sucedía, algo difícil de comprender: mi padre se veía abstraído y un tanto reacio a participar en nuestros asuntos como antes lo hacía. Mi madre también notó ese cambio en su persona y procuró descifrar la incógnita a través del diálogo. Pero, de forma muy diplomática, mi padre evitaba extenderse al conversar y se excusaba con explicaciones poco convincentes, como problemas usuales de trabajo, por ejemplo.

Dos semanas pasaron, en las que mi padre me llevó diariamente a la escuela como siempre, y aún parecía dedicado y cariñoso hacia mí. No obstante, el leve cambio en su personalidad comenzó a volverse evidente. Numerosas teorías en referencia a su progresiva transformación brotaban en mi mente como maraña silvestre irrigada por mi imaginación. Hasta que me sentí asediada por una sospecha más sólida que una teoría, la cual pronto se convertiría en una preocupación justificada.

Poco antes de llegar a la escuela, nos encontramos con Debby y su madre Nancy. Saludé a mi amiga como de costumbre, mi padre saludó a Nancy, y de inmediato, noté una mayor confidencialidad que lo normal entre mi padre y Nancy. Sin duda parecían más afectuosos entre sí que en ocasiones anteriores, por lo que, en esos momentos, una ineludible suspicacia se apoderó de mí, y sentí temor. Más tarde supuse que mi imaginación se desbocaba una vez más, y mi preocupación era tan solo una reacción activada por celos o, por lo menos, así prefería verlo.

Los problemas continuaron alterando la paz de nuestro antes pacífico hogar. Escuchaba a mis padres discutir. En un principio, a través de un fallido esfuerzo por ocultar sus divergencias, procuraban ser disimulados, pero mientras pasaban los días las discusiones subían de tono y estas parecían excederse de lo habitual. Peor aún, el comportamiento de mi padre se volvía incluso más insólito. Llegaba del trabajo tarde y se ausentaba gran parte de los fines de semanas y, por cierto, esas retiradas del hogar no se relacionaban a ninguna actividad en la que era participe el tío George. Los extraños eventos fortalecieron la desconfianza de mi madre, quien decidió aplicar una estrategia extraordinaria hacia el dilema.

Un viernes por la tarde, mi padre salió de nuestra casa aduciendo una disculpa poco creíble: la supuesta despedida de soltero de un amigo.

Considerando que los amigos de mi padre también eran amigos del tío George, este último no tenía conocimiento de ese evento, y menos de la futura boda de algún amigo. Como consecuencia de esa sucesión de discordancias, mi madre decidió seguir a mi padre a su aludida celebración. Mi padre condujo por un tiempo, y luego, ingresó en un pequeño restaurante en un sector periférico y oculto. Entonces, de una vez por todas, mi madre ratificó sus sospechas. No existía la referida despedida de soltero; si no que se trataba de una cita entre mi padre y la detestada Nancy.

Despechada por el doloroso hallazgo, mi madre esperó a que mi padre y Nancy terminaran su romántica cena, y al salir del restaurante los enfrentó. Nancy se protegió como una rata cobarde detrás de las explicaciones defensivas de mi padre, y el individuo a quien yo más admiraba insistió en que solo significaba una reunión entre amigos; excusa que obviamente mi madre no se tragó. En su lugar, desde ese entonces empezó a prepararse para la llegada de una tormenta.

A pesar de lo ocurrido, yo aún prefería creer que mi madre exageraba su postura. Quizás su intolerancia característica y su naturaleza posesiva, que en ocasiones me abrumaban, en esa oportunidad fustigaban a mi pobre padre.

Más tarde, después de conversar con él al respecto, reforzaba mi frágil hipótesis. Mi padre me juraba que entre él y Nancy solo existía una amistad fortuita. Seguido a ese diálogo, terminé creyendo en la ficticia versión que más deseaba creer en esos días.

CAPÍTULO 5

La incertidumbre imperaba en nuestro hogar. El comportamiento de mi padre persistía y las discusiones con mi madre se volvían rutinarias. Aun así, mi padre me llevaba a la escuela cada mañana y me dedicaba el tiempo y cariño que necesitaba. En aquellos días no sabía si mi actitud ecuánime hacia mis padres los contentaba, o si ni siquiera les importaba. Más relevante parecía ser para ellos la constante disputa que ambos alimentaban desde nuestro regreso de vacaciones. Disputa que a pesar de hacer grandes esfuerzos por ocultarla cada día se tornaba más angustiosa.

Por lo menos advertía que mis padres pretendían mantenerme desinformada de la realidad para no entristecerme. Sin embargo, sus intentos no impedían ese resultado. Y menos lo hacía la siguiente y nunca antes vivida riña familiar que se desataba en mi residencia: un escandaloso altercado doméstico por el cual la policía se presentaba en nuestro hogar.

Por segunda vez, mi madre sorprendía a mi padre con Nancy y, en esa ocasión, mi padre era desenmascarado sin quedar espacio para una mala interpretación. Después de ese nuevo episodio de infidelidad por parte de mi padre, ya no pude seguir siendo ecuánime hacia ellos como antes. Entonces debí admitir que la estabilidad de mi familia se tambaleaba, y tal situación me aterraba. No entendía qué sucedía con ese individuo que siempre mantuvo una imagen leal y había aportado tanto a nuestra felicidad. Tampoco toleraba el concepto que situaba a mi padre en el pellejo de un traidor. Más bien prefería esperar a que todos nos calmáramos y recapacitáramos.

Quizás solo se trataba de una etapa familiar nefasta pero transitoria, la que en algunos días quedaría atrás. No obstante, una vez más erraba en cuanto a mi teoría.

El día de la pelea mis padres llegaron a un acuerdo. Mi padre pasaría la noche fuera de nuestro hogar. El día siguiente fue domingo, y no notaba preocupación en mi madre en relación al paradero de su esposo, pero su actitud era justificable, ella se sentía despechada y no deseaba saber de él. En cuanto a mi postura hacia el desastroso tema, si no recibía pronto noticias de mi padre, sufriría de una crisis nerviosa. Pasaron las horas. Cerca del atardecer sonó el timbre de nuestra residencia, me apresuré a abrir la puerta y felizmente era él. Mi padre me abrazó y me dio un beso en la mejilla como siempre lo hacía, lo invité a pasar, pero insistió en permanecer parado en la mampara de la puerta. Luego me explicó que primero debía hablar con mi madre. Minutos más tarde, mis padres conversaban dentro de la casa. Yo me retiré para que tuviesen privacidad, aunque desde mi cuarto escuchaba la agresiva discusión, en la que mi madre revelaba en voz alta su enorme rencor. Media hora aconteció y ambos salieron de la sala sin haber resuelto su problema. Luego alguien ascendió la escalera hacia el segúndo piso e ingresó al cuarto de mis padres. Entonces me aventuré a indagar. Vi a mi padre en el interior de su cuarto y se disponía a llenar una maleta con su ropa; tan pronto se percató de que lo observaba, me invitó a entrar. Mientras conversábamos no cesaba de agregar artículos en esa endemoniada maleta de color azul claro que, además de ser antiestética, expedía olor a conflicto. Parecía como que por cada artículo que mi padre agregaba en la horrible valija un pedazo de él mismo se destinaba a marcharse.

— ¿Adónde vas, papi? —le pregunté preocupada.

—Solo serán un par de días, Cristi —respondió nervioso. Tu madre y yo necesitamos estar alejados el uno del otro para reflexionar.

En ese momento percibí en la mirada de mi padre una ligera indisposición a contestar mis preguntas, como también algo de necesidad por llenar pronto su condenada maleta. Pero, aún se mostraba condescendiente y cariñoso hacia mí, condición que en parte me tranquilizaba. Intenté persuadirlo para que abortara su decisión, pero luego descubrí que mis esfuerzos eran en vano. Después de todo, solo suponía ausentarse por un par de días, y no vi una mejor opción entonces que no fuese creer en su promesa y aceptar el triste desenlace. Mi padre salió de nuestro hogar con una maleta y un bolso sin despedirse de mi madre. Parecía apresurado por salir; dejó las maletas en el piso y me abrazó. Me besó como antes y me dijo lo mucho que me amaba; palabras mágicas que al escucharlas fortalecían mi ilusión. Levantó sus maletas, y con una última sonrisa compasiva se retiró. En esa tarde triste y grisácea, observé cómo con su paso característico, mi padre se alejaba por el pasillo del inmueble que antes era parte de nuestro bello y constituido hogar.

CAPÍTULO 6

Sonaba el despertador, eran las seis de la mañana y debía ir a la escuela. Ese día me llevaría mi madre; al parecer a tal convenio había llegado con mi padre. Supondría ser una situación temporal, mi padre regresaría y todo el embrollo quedaría atrás. Desde entonces, como nunca antes, sentía compasión por mi madre, la notaba preocupada por mi estado de ánimo y veía que se esforzaba en forma extraordinaria por contentarme. Yo también deseaba complacerla, pero no conseguía anular mi molestia por lo sucedido.

El primer día sin saber de mi padre fue largo y penoso. Peor aún, en la escuela no pude evitar toparme con Debby, ni sentirme incómoda junto a ella, ya que era evidente su conexión con la ausencia de mi padre. Intuía que esta controversia en relación a mi padre y Nancy también empezaba a dañar mi amistad con Debby.

El siguiente día fue similar. Mi madre me dejó en la escuela y nada supe de mi padre hasta por la tarde, poco antes de oscurecer. Sonó el teléfono y mi madre me comunicó con él, me preguntó acerca de algunos temas insustanciales relacionados con mi día de escuela o mis tareas, pero parecía evadir el asunto más importante para mí: cuándo regresaría.

Otro lapso transcurrió y la ansiedad me superaba. No dejaba de fastidiar a mi pobre madre en busca de respuestas en referencia a la ubicación de mi padre, y ella para no apenarme simulaba estar desinformada. En realidad, ambas advertíamos su paradero, solo que yo me negaba a aceptar la respuesta más obvia.

Días más tarde alguien tocó la puerta, era mi padre. Sin disimular mi emoción abrí apresurada y lo abracé radiante de felicidad. Él me saludó también, solo que en esa ocasión parecía menos motivado que yo. Pasamos a la sala y nos sentamos a conversar. Me sentí tan feliz de encontrarme frente a él después de tanto esperarlo. Sin embargo, mi padre se mostraba distraído, más bien su antes tierna y expresiva mirada que revelaba su amor por mí, parecía haber sido reemplazada por una expresión piadosa. Entonces deducía que en esa oportunidad estaba conmigo por compromiso. Ni siquiera se veía dispuesto a volver a casa, tampoco acarreaba su maleta. Le pregunté acerca del lugar donde se hospedaba y me pareció que mentía. Después de un rato mi padre creyó encontrar un buen pretexto para retirarse. Yo subí a mi cuarto y me dormí.

Dos semanas más pasaron, mi padre llamó solo dos veces, y me pareció frío y categórico al hablar. No obstante, aún creía en su promesa y anhelaba con ansias su regreso.

En otra eventual ocasión, mi padre visitó nuestro alterado hogar. Abrí la puerta y lo saludé jubilosa. Él correspondió a mi saludo, pero parecía menos motivado incluso que la última vez que me visitó. Como en oportunidades anteriores, pasamos a la sala y nos sentamos a conversar, hablamos un momento, me hizo algunas preguntas de mínima importancia y yo, increíblemente, por primera vez en mi vida, no reaccionaba a las preguntas de mi padre. Mi voz se volvía quebradiza y apenas lograba emitir alguna palabra; notaba que mis nervios me traicionaban. Luego conseguí sobreponerme a ese momento de inseguridad, pero seguía sin encontrar la forma de atraer la atención de mi propio padre, por lo que decidí aplicar otra estrategia hacia el problema. Procuré interesarlo con recursos que antes nos motivaron, así como algún tema musical que nos atañó en el pasado. Recurrí a un disco en particular que contenía canciones que habíamos grabado juntos. Poco después, mi padre y yo escuchábamos nuestra canción favorita, la canción que representaba nuestra relación, la canción que cantamos, bailamos y disfrutamos en tantas ocasiones anteriores, pero esa canción que simbolizaba nuestro amor ya no lo emocionaba como antes, más bien se veía incómodo, y solo mostraba una sonrisa agonizante cada vez que en forma discontinua y obligada miraba a mis ojos. Entonces noté que mi padre sentía lástima por mí. Mi madre se integró en la conversación, y cuando me pareció que la misma de nuevo se transformaba en discusión, los dejé como siempre para que resolvieran sus diferencias. Algunos minutos pasaron y la disputa concluyó en forma abrupta. Luego la puerta del frente se cerró, miré por la ventana y vi que mi padre se retiraba. Bien sabía esa vez que no soportaría otras dos semanas sin su presencia, así que me abalancé hacia la puerta de entrada para ir tras él e implorarle.

Ya había oscurecido, lo llamé y corrí hasta alcanzarlo, y sin encontrar más remedio que humillarme le pregunté:

— ¿Papi, te vas nuevamente?

—Cristi, es que con tu madre ya no podremos reconciliarnos —respondió mi padre.

—Pero ella me dijo que procuraría solucionar el problema.

—No puedo regresar a casa, Cristi, no me hace bien estar ahí.

— ¿Pero, no podrías regresar aunque fuese por mí? Yo te amo tanto… yo no puedo conformarme con tu ausencia.

—Lo siento, Cristi, pero no es posible.

Entonces comencé a despotricar y llorar.

— ¡Tú me lo prometiste, no me puedes hacer esto, tú me lo prometiste!

—Cristi, comprendo tu disgusto, pero debes ser más tolerante y también comprender mi posición, ya eres una niña mayor.

Ya ni siquiera escuchaba sus excusas, solo continuaba llorando y suplicando:

— ¡Me lo prometiste! ¡Me lo prometiste!

En ese momento mi padre solo deseaba finalizar el desagradable acontecimiento y de una vez por todas largarse quién sabe dónde. En un intento por encontrar la mejor forma de hacerlo, ofuscado e insensible me reprendió:

— ¡Cristi, basta ya! ¡Basta de llantos! ¡Ya eres una niña mayor y debes ser más tolerante!

Seguido a esas últimas palabras, mi padre se dio media vuelta y, con el paso determinado que lo caracterizaba, se retiró del lugar. En esa oportunidad distinguí en él una clara impaciencia por marcharse, y sospeché que su retirada podría ser definitiva. Consternada por el horrible desengaño corrí e ingresé a mi casa llorando. Mi madre me recibió en sus brazos, me aferré a ella y continué llorando. Desde el interior de nuestro hogar mi madre había presenciado el fatídico momento vivido con mi padre, así que optó por enfrentarlo y lo alcanzó en las afueras del inmueble.

— ¿Por qué vienes a engañarla con falsas ilusiones si bien sabes que solo la haces sufrir? —mi madre se expresó indignada. ¿Por qué no te quedas con esa ramera de una vez y nos dejas superar tu traición? ¡Aléjate de nuestras vidas y no nos causes más dolor!

Al parecer, mi padre utilizó esa reacción de mi madre como una conveniente excusa para continuar con su aventura sin obstáculos, puesto que después de esa última disputa, el no regresó, ni volvió a llamar. Yo aún no aceptaba lo sucedido, e incluso por un tiempo culpé a mi madre por la ausencia de mi padre, puesto que deduje que mi padre se había marchado ahuyentado por la reacción de mi madre. En realidad, existía una lógica que explicaba mi gran decepción, y esa no se asociaba a las reacciones de mi madre, sino que más bien derivaba de mi ineficacia para neutralizar mi angustia, porque todavía extrañaba a mi padre. A pesar de lo ocurrido, aún deseaba saber de él, pero solo me encontraba con uno u otro impedimento. Indagaba en diferentes lugares para obtener alguna información de su paradero, pero nadie se mostraba muy dispuesto a ayudarme. Enfrente de mi madre, simulaba sentir conformidad para no preocuparla. La comunicación con Debby ya era mínima, y cuando hablábamos evitábamos tocar el tema. A pesar de que el tío George trabajaba con mi padre, tampoco se pronunciaba al respecto, situación que me atormentaba. En ese entonces comprendí que el tío George también sufría al no poder hacer mucho por esclarecer mis dudas.

Víctor Rey

CAPÍTULO 7

Sin aún aceptar la versión que situaba a mi padre viviendo con Nancy, un poderoso ímpetu por ratificar la temida teoría me incitó a actuar, y quizás, de una vez por todas, abolir mi continua molestia hacia el asunto. Esa tarde, después de clases, me dirigí hacia la residencia de Debby. Como en muchas ocasiones anteriores, cuando mi amistad con Debby gozaba de buena salud, me hallaba en las afueras de su hogar, solo que, en esa oportunidad, me disponía a espiar el interior del mismo sin su conocimiento ni el de los demás habitantes. Pronto oscurecería. Adyacente a la residencia había un terreno desocupado en el que a veces jugaba con Debby; era el puesto de espionaje ideal. Desde ese lugar, sentada en una roca que se camuflaba entre algunos matorrales, veía con claridad el interior de la residencia, por lo menos el comedor y la sala. Luego, oculta en mi humilde ubicación, observaba ansiosa la temida actividad en el interior de ese hogar. Solo veía a Nancy transitar, puesto que había llegado de su trabajo. Por el momento el panorama me conformaba, pero no gozaría de ese privilegio por mucho tiempo.

Más tarde, los focos resplandecientes de un automóvil que llegaba alumbraron el sitio vacío en que me encontraba, casi descubriéndome. El vehículo, que reconocí de inmediato, se estacionó en el frente de la propiedad de Nancy, y quien bajó era nada menos que mi padre. Un inexplicable calor invadió mi cuerpo. Pronto, seguido a un fuerte mareo, unas gotas frías de traspiración emanaban desde mi frente y creí que me desmayaba de la impresión. La hora coincidía con exactitud, era la hora en que mi padre salía de su trabajo y antes llegaba a nuestro hogar. Observaba cómo, con gran cinismo, sujetando su maletín, el aparecido ingresaba a la residencia ajena. Desde ese repugnante momento, me convertí en testigo ocular de cada detalle que acontecía en el interior de la sala y el comedor de esa odiada vivienda. Desde ese día y por muchos más, me hallaría en el mismo puesto de vigilancia. Estaría horas sentada en ese pequeño espacio del universo, el único espacio en el cual tenía sentido estar para mí. Espacio oscuro desde donde veía el interior de ese iluminado hogar, el nuevo hogar de mi padre. Exploraba el interior de esa residencia y sus habitantes; los veía a través de sus ventanas, contemplaba cómo la nueva familia de mi padre interactuaba, y cómo ese sujeto a quien amaba y pertenecía a mi hogar se comportaba hacia su nueva familia. Los observaba mientras comían, cuando veían la televisión, cuando jugaban a algo, y cuando mi padre tocaba la guitarra y cantaba. Parecían felices, en especial él. No lucía como el hombre en el cual se transformó después de enredarse con Nancy, sino que de nuevo veía al hombre gentil, divertido, cariñoso y motivado que antes fue con nosotras. Una vez más advertía esa actitud encantadora que en su origen me indujo a amarlo, y que ahora reaparecía en su nuevo hogar. Desde mi puesto de espionaje me convertía en testigo ocular de la vil traición, sentada sobre esa roca húmeda y fría camuflada por arbustos marginales e indiferentes que en forma involuntaria me ocultaban en ese lugar. Un lugar al que asistía constantemente, convirtiéndose esa actividad en una adicción. Un lugar que cuanto más frecuentaba más me hacía empantanarme en él, sin importarme la pérdida de mi dignidad. Oscuro sitio, cuya oscuridad, ni tampoco la lluvia, ni el frío alteraban mi adicción por él. Ahí esperaba hora tras hora y día tras día en el mismo sombrío lugar, sola y triste, presumiendo que el traidor todavía era nuestro y lo podría recapturar.

Más me entristecía el reciente hallazgo al no percibir preocupación alguna en el semblante de mi padre, que no parecía afligido por haber abandonado su verdadero hogar, ni porque una hija devastada todavía lo esperara. No parecía preocupado por esa u otra razón, sino que en realidad se veía feliz. A veces deseaba levantarme de esa dura y fría piedra, salir de entre los arbustos y gritarle para llamar su atención: "¡Padre, estoy aquí, regresa a casa con nosotras!". Luego deducía que no soportaría otro rechazo de su parte y terminaba abortando mi impetuoso impulso, y, una vez más, optaba por someterme a la vil traición. Después de todo, denigrándome de esa manera aún estaba cerca de él. Abrumada y expuesta al peligro en ese oscuro y frío lugar, y él en su nuevo, temperado e iluminado hogar adoptivo, pero aún estaba cerca de él.

Por cierto que, mi madre no se enteraba de mi nueva actividad. Tras engañarla con habilidad con una sucesión de mentiras que justificaban las horas de ausencia, conseguía tranquilizarla.

CAPÍTULO 8

Una mañana, mi madre me dejó cerca de mi escuela. Mientras caminaba hacia la entrada, veía a mi padre estacionar su auto en los alrededores. De inmediato conjeturaba que venía a encontrarme a mi escuela para no tener que ir a casa y toparse con mi madre. Muy cautelosa me detenía, y me ocultaba detrás de un árbol para confirmar mi sospecha. Él bajaba de su auto y cerraba su puerta. Segundos antes de correr extasiada hacia él para saludarlo, me percataba del más doloroso escenario que alguien pudiese presenciar alguna vez. Mi padre caminaba alrededor de su auto y abría la puerta del pasajero, enseguida ayudaba a bajar del vehículo a Debby. Él no estaba ahí por mí, había ido a dejar a la escuela a la hija de su amante. Tan pronto Debby bajó del vehículo, mi padre tomó su mano, y con el paso enérgico que lo caracterizaba la encaminó hacia la puerta de la escuela, como antes lo hacía conmigo, como esa rutina diaria que tanto me enorgulleció por años.

A continuación de esa inmensa decepción, no soporté por más tiempo la presión y solo atiné a correr. Corrí sin rumbo y fuera de control; corrí lejos de la escuela, que desde ese entonces detestaría; corrí desesperada y solo me habría detenido la envestida de un autobús; corrí cuadras llorando y gritando histérica por mi reciente fiasco; corrí a través de ese vecindario antes afable al que amaba pero que de forma súbita ahora aborrecía; corrí a través de viviendas similares con matices amarillentos deprimentes y apariencia insensible a mi tormento; corrí entre árboles y arbustos menos verdes y menos floridos que ayer. El cielo, con sus nubes parciales e inoportunas, también parecía despectivo y menos azul. Mi mundo ya no era el mismo, y ese día me expulsaba de sus confines. Deseaba que mi desbocada carrera concluyera al abrirse una gran grieta en mi camino que me tragase hasta lo más profundo. Deseaba que mi carrera concluyera con el fin.

De forma involuntaria había corrido en dirección a mi casa. Poco antes de llegar en ese estado emocional, me detuve. A pesar de mi trastorno comprendí que no debía contagiar a mi pobre madre con mi dolencia, así que no entraría a mi hogar antes de reprimir mi llanto y controlar mi evidente furor. Minutos más tarde alguien me tomó por los hombros; era el tío George que venía a visitar a mi madre. De inmediato él reconoció mis síntomas tóxicos y me exigió una explicación. Tras mostrarse furioso por lo sucedido, me persuadió para que entrásemos a mi hogar. Luego yo descansaba en la sala, desde donde oía cómo en el cuarto contiguo, entre murmullos, ellos despotricaban en contra de mi padre.

Como consecuencia del último incidente con mi padre, mi moribunda amistad con Debby llegó a su fin. Situación que de manera paulatina me indujo a alejarme del resto de mi grupo de amigas. La amistad entre mi padre y el tío George también se terminó, e incluso, en una eventual ocasión, el tío George se enfrentó con mi padre.

Después de varios días sin hablarse, mi padre se presentó en la residencia del tío George para recuperar algunas pertenencias que tenían en común. Terminada la transacción, el tío George reprendió a mi padre por su insensible actitud, y la discusión escaló de nivel hasta convertirse en una escaramuza en la que los golpes se impusieron sobre la razón. De acuerdo a la versión de los vecinos, el tío George persiguió a mi padre calle abajo, convirtiéndose el encuentro en un escándalo mayor que atrajo a la policía, y, ambos fueron arrestados por alterar la paz.

Pasaba el tiempo y, fuese cual fuese su motivo, el tío George siempre estaba con nosotras. Su apoyo me ayudó a respirar en tiempos en los que el aire de mi atmósfera se agotaba. No solo el tío George fue solidario con nuestra causa, también otras personas y familiares lo fueron, incluyendo a mis abuelos y tíos paternos. Tarde o temprano, nuestro mundo se convenció de que habíamos sido víctimas de una vil traición, y al igual que yo, nadie comprendió cómo ese individuo compasivo, cariñoso, amable y responsable pudo sufrir un cambio tan radical. Nadie tampoco comprendió cómo nuestra antes hermosa vida podía haber sufrido un revés tan brutal.

CAPÍTULO 9

Pasaron las semanas y los meses, y junto con pasar el tiempo llegó el día del acto en la escuela. El día que suponía exhibirme y cantar la canción que habíamos preparado con tanta dedicación. Confieso que, desmoralizada por lo ocurrido, procuré abortar la presentación. Sin embargo, el tío George insistió en que debíamos continuar con lo planeado. Me aseguró que sería bueno para mí y para todos, y más que nada enfatizó que no necesitábamos la figura de mi padre para proceder. Como antes habíamos acordado, interpretaríamos el tema *Dust in the Wind*, del conjunto musical Kansas. Como siempre, el tío George tocaría el violín, y David, un talentoso músico de la iglesia, tocaría la guitarra y reemplazaría a mi padre. Superada esa fase, llegó la hora de actuar. Solo faltaban minutos para presentarme y el nerviosismo me dominaba. Muchas veces me había enfrentado a audiencias similares sin sentirme agobiada, pero en esa ocasión no fue así, y creía saber por qué.

Se abrieron las cortinas del auditorio de mi escuela y una panorámica imagen del cuantioso público presente apareció frente a mí. Por primera vez en mis años de cantante aficionada, la inseguridad reinaba en mi mente, mis piernas temblaban y un tenso nudo acalambrado se retorcía en mi interior. Todos aplaudían tras ser presentados y yo no reaccionaba. Entonces supuse que o me desvanecía antes de empezar a cantar, o bien no brotaría mi voz. Mientras intentaba recuperar parte de mi cordura, entre la multitud divisé a mi madre, ubicada en los primeros asientos del auditorio. Saltaba, aplaudía y gritaba como una niña, y su efusivo comportamiento me alentó a continuar. Como acto instintivo fijé mi vista en mi madre y en el sector donde ella se hallaba. Creo que esa reacción respondía a algún mecanismo de defensa, que me ayudaba a evitar que me encontrase con alguna sorpresa perturbadora.

Tan pronto el público terminó de aplaudir, empezó la presentación. David inició el tema tocando su guitarra, el tío George continuó con su violín, y luego, al percibir que David y el tío George esperaban mi actuación, por alguna razón inexplicable, surgió mi voz y comencé a cantar. La primera estrofa de la canción sonó muy bien. Sin duda, una vez más, mí supuesta voz prodigiosa, como muchos la llamaban, capturaba la atención de los espectadores. Desafortunadamente, segundos antes de empezar a cantar la segunda estrofa, una figura en el público me desconcertó. Solo a cuatro asientos de donde se situaba mi madre divisaba al traidor. Ahí estaba presenciando la función, estrenando una sonrisa que no se adivinaba si era una mueca producto de la vergüenza o de un cinismo extremo. Lo acompañaba Nancy, ambos tomados de sus manos. Creo que asistieron al auditorio para presenciar el acto de Debby. A partir de ese atroz momento, quise retroceder en el tiempo y renunciar a presentarme a la actuación como había intentado en un principio, pero ya era demasiado tarde. En segundos debía continuar con la siguiente estrofa, pero no advertía la forma de imponerme sobre mí confusión. Pronto, tras también descubrir la figura tóxica entre la multitud, el tío George detectó mi consternación, golpeó mi hombro con gentileza un par de veces y me susurró: "Vamos, Cristi, tú puedes", y entonces continuó el *show*.

Canté para el público en general, no miré hacia el sector contaminado y solo me concentré en cantar. Más aún, una extraña fuerza nunca antes experimentada me permitió cantar con más energía y con más pasión, y a través de mi canto expulsé las emociones atrapadas dentro de mí. Canté con orgullo y con rencor, y así canté mejor, lo supe porque vi al numeroso público presenciar extasiados mi actuación. Me sentí triunfadora, aceptada, amada una vez más; me sentí muy bien hasta el fin de la presentación. Más se intensificó mi estímulo cuando el público se levantó de sus asientos y me aplaudió con indiscutible adoración, en especial mi madre, que además de aplaudir saltaba de felicidad. Sin quedarles alternativa, el traidor y Nancy también se pararon a aplaudir. Mientras los infames aplaudían, distinguí una inconfundible expresión de envidia en el rostro de Nancy, y en mi padre, una actitud mediocre que nunca antes había notado en él: no sabía dónde diablos enfocar su vista ni cómo proceder. Después me enteré de que, impedía activar los ya conocidos celos de Nancy.

Fue un gran día, pero aun a pesar de ese acontecimiento triunfal, en los años que siguieron nada cambió en mi vida para mejor. Nada impidió que al pasar el tiempo me convirtiera en una niña huraña que vivía atrapada en una obsesión y, a pesar de que mi grupo de amigas me extrañaba, nada evitó que las malas amistades se integraran a mi nuevo ambiente. Algunas de mis amigas anteriores me preguntaron la razón de mi alejamiento. Les expliqué que no podía estar cerca de Debby después de lo ocurrido, situación que, sin saberlo entonces, también creó una mala imagen en Debby.

Viva la vida

CAPÍTULO 10

Más adelante, otros eventos perniciosos dificultaron nuestras vidas. Nuestra situación económica sufrió un colapso. Mi madre comenzó a trabajar, pero sus ingresos eran insuficientes y el dinero escaseaba. Después de demandar a mi padre, la mísera suma de dinero que mi madre recibía como manutención familiar no le era de gran ayuda, más bien parecía un sarcasmo. Mi padre, con la asistencia de Nancy y un abogado, maniobraron astutos arreglos antes de presentarse ante el juez que decidió al respecto. Aún recuerdo ese día infernal en la corte.

El caso suponía ser un proceso sencillo debido a nuestra clara condición de vulnerabilidad, pero no resultó del todo así. Quise creer que fui con mi madre a la corte ese día en un esfuerzo por apoyarla y castigar al traidor; quizás lo fue en parte, pero también existía otra poderosa y obvia razón que me provocaba a actuar. Un cuantioso grupo de gente se encontraba en la corte ese día, y, al igual que nosotras, todos esperábamos la sesión correspondiente para intentar resolver las contrariedades. Permanecimos por horas en ese intimidante recinto donde se decidiría nuestra suerte, mientras la ansiedad me doblegaba una vez más. Miraba con impaciencia y disimulo el gentío a mí alrededor; dirigía mi vista en todas las direcciones, pero no veía a quien debería ver, situación que me intrigaba. El desarrollo de otro caso me distrajo un tanto. Más tarde, tras regresar a mi mundo, continué monitoreando la sala de lado a lado como un radar hasta que se dio la lógica.

A pocos metros de donde me ubicaba con mi madre, por arte de magia estaba él. Lo acompañaba Nancy y su abogado. No entendí en qué momento habían llegado ahí; sin duda, mi mente me jugó una extraña maniobra. Desde mi asiento lo miraba con insistencia, pero él no se inmutaba, parecía no sentir curiosidad por saber dónde estaba sentada, o cómo me veía, o si siquiera me encontraba en la sala. Miraba en frente de él demostrando sentir pleno interés en el curso de otros casos ajenos al nuestro, y solo reaccionaba para hablar con sus acompañantes. Finalmente, de forma sincrónica a otra de mis obsesivas miradas, me vio, y de inmediato, en un esfuerzo por conectarme con él le sonreí. No obstante, él retiró su vista, nervioso, sin corresponder a mi sutil saludo. Quizás reaccionó así porque Nancy estaba presente, pero cualquiera que hubiese sido la razón de su indigna conducta, me había vuelto a lastimar.

Llegó la hora de exponer nuestro caso, y debido a las artimañas elaboradas por ellos y a la exposición de una serie de mentiras, la decisión del juez no nos favoreció, sino que más bien magnificó nuestra consternación. Mi padre fue ordenado a pagar una escuálida suma mensual por manutención, y, sin merecerlo, obtendría un generoso porcentaje de la venta de nuestro hogar. Al término de ese amargo día en la corte, el canalla celebraba su vergonzoso triunfo, y muy risueño se abrazaba con sus repulsivos acompañantes. Considerando el despreciable proceder de mi padre, mi obsesión se extendió más allá de lo moderado, y una vez más, llegué hasta el extremo de humillarme. Como un último intento por conectarme con él ese día, me situé a un lado del pasillo de acceso por donde se retiraban los litigantes. Más tarde, con una actitud ruin e indiferente, el canalla pasó sujetando la mano de Nancy, y a pesar de enterarse de que ahí estaba, no tuvo la delicadeza de concederme una mirada o una leve sonrisa que, por lo menos en esa ocasión, me habría ayudado a aliviar en parte mi desconsuelo. Por el contrario prefirió ignorarme, y siguió caminando con la vista en frente y con el paso determinado que lo caracterizaba, pero que, en ese entonces, ya detestaba.

Mi madre apeló la decisión de esa corte y en la siguiente sesión nos trataron con más compasión. En realidad, la segunda vez, tras perder la confianza en el sistema legal, mi madre se asesoró de un abogado que nos ayudó. Nuestra casa fue la mayor disputa durante esa nueva sesión. Mi padre hizo deplorables esfuerzos por obtener una buena mascada de nuestra propiedad como en la sesión anterior, pero la suerte o sus sucias artimañas no lo compensaron como la primera vez. De hecho, la nueva corte corroboró la anterior orden relativa a la cuota como manutención familiar, pero lo compensó con un pequeño porcentaje de sus expectativas en referencia a la venta de nuestra propiedad. Tras obtener una hipoteca y pagarle a mi padre la mínima cantidad designada por la segunda corte, pudimos conservar nuestro hogar, y de una vez por todas, el canalla inmoral, que tampoco tuvo piedad por nosotras a la hora de dejarnos en la calle, estaba fuera de nuestro camino, o por lo menos del camino de mi madre.

Después de esa etapa tortuosa, el infortunio continuó alterando nuestras vidas. Meses más tarde, mi madre fue diagnosticada con cáncer al seno, enfermedad que la sometió a siete meses de sufrimiento y sacrificio intenso debido al severo tratamiento. En ese entonces no comprendía por qué el destino nos dejaba caer semejante diluvio de tribulaciones. Sin embargo, más adelante, vería con claridad la lógica de todo lo sucedido. Mi madre resistió el agresivo tratamiento y sobrevivió a la mortal enfermedad; lo cual después de todas nuestras calamidades, significó un triunfo indiscutible. Y por cierto, quizás nunca habríamos superado ese ciclo infausto sin el apoyo del tío George. El canalla de mi padre nunca tuvo el escrúpulo de enviarnos un mensaje misericordioso en relación a la enfermedad de mi madre. Por esa y otras razones ya no deseaba espiarlo ni verlo más, aunque mi rencor y angustia persistían.

CAPÍTULO 11

Cinco años más pasaron, y cumplí catorce años de edad. Desde que mi padre había abandonado nuestro hogar, yo no había podido adoptar una mejor actitud hacia la vida, ni tampoco superar mi despecho. Quisiese haber enfocado mi mente en otra dirección, y seguir viviendo una vida normal como hicieron mi madre y el tío George. Dos años después de la traición de mi padre, el tío George y mi madre contrajeron matrimonio. Al parecer para ellos no fue difícil deshacerse de la figura nociva que mi padre figuraba y, sin más obstáculos alcanzaron la felicidad.

Mi madre y el tío George se merecían su felicidad. El tío George siempre había amado a mi madre y nos apoyó a través de nuestra desventura. Mi madre correspondió a su amistad, y más tarde a su amor, y así continuaron adelante dejando parte de la desdicha atrás. Solo parte, porque aún los atormentaba mi visible desconsuelo, que pronto llegaría al margen de un abismo acechado por la tragedia. Mi madre y el tío George trabajaban largas jornadas diarias. Considerando sus obligaciones, nunca me desatendieron. Sin embargo, no se enteraban de la naturaleza de todas las actividades que desarrollaba mientras trabajaban. Mi madre y el tío George sabían que en ocasiones eludía la escuela, que siempre me vestía de negro y que mis calificaciones no eran buenas, pero no sabían que me relacionaba con malos elementos del sector, menos sabían que comenzaba a consumir drogas. No hasta que tuvo lugar un evento catastrófico.

Viva la vida

CAPÍTULO 12

Un día, en lugar de asistir a la escuela, estaba en una fiesta de adolescentes con problemas como yo. En la tertulia consumimos alcohol, y fumamos e ingerimos otras sustancias dañinas. Más tarde, un ardor alarmante viajaba con rapidez a través de mi sistema sanguíneo, generando una poderosa sensación que me debilitaba hasta desplomarme y azotarme de manera brutal. Seguido al gran costalazo, una serie de convulsiones me impulsaban a saltar como pez fuera del agua sobre el suelo de ese hogar disfuncional perteneciente a otro adolescente afectado por un trauma similar al mío. Pronto, un par de jóvenes desesperados acudieron a los vecinos, quienes llamaron al servicio de emergencia. De inmediato fui llevada al hospital más cercano, donde sin garantía lograron mantener mis signos vitales.

Tras permanecer dos días en estado de coma, recobré el conocimiento y vi a mi madre y al tío George. Ambos lucían devastados. Tan pronto pronuncié una palabra, mi impulsiva madre se me abalanzó llorando, me abrazó y me besó, revelando la felicidad que sentía de verme resurgir. Luego, el emotivo episodio fue reemplazado por un arrebato que la llevó a zamarrearme bruscamente, mientras reprochaba mi conducta. Cierto era que su reacción se justificaba: después de todo, casi había perdido a su única hija a causa de una sobredosis de drogas.

En ese emotivo momento, vi algo más allá de la euforia típica de mi madre. En realidad, aunque parezca incongruente, vi a mi madre el día que daba a luz. Ese día de gran incertidumbre, que opuesto a creerse que yo no sobreviviría al parto debido a las graves complicaciones que brotaron durante su mal embarazo, además de la larga espera y el sufrimiento, fui entregada a sus brazos sana y a salvo, instante en el que ella mostró similar agradecimiento y felicidad. Entonces deduje que el ser más valioso en mi vida, y que me amaba sin condición, aún estaba junto a mí, y lo estaría siempre, y juré que nunca más la sometería a una etapa de dolor similar, ni tampoco al tío George. Pero para eso debía dejar de pensar en el traidor.

Días más tarde regresé a casa. Tan pronto recuperé mi salud, comencé a asistir a la escuela de forma regular. Seguido a recapacitar sobre mí colapso por drogas, del cual toda la escuela se enteró, ya no me volví a relacionar con el grupo de adolescentes nocivos, y mucho menos a aceptar sus ofrendas venenosas.

Después de esa última experiencia nefasta, comenzaron a florecer acontecimientos positivos. De regreso a la escuela, por primera vez en años, Debby se me acercó para conversar. Mi mejor amiga del pasado parecía compasiva y afable y, también detecté un inconfundible sentimiento de culpabilidad en su proceder. Por lo tanto, con total certeza concluí que Debby, a pesar de no haberse percatado en un principio del daño que crearía la unión entre su madre y mi padre, y quizás, inconscientemente, deseaba que alguien remplazara la ausencia de su padre en su hogar, solo había sido víctima de la inmoralidad de su madre. A partir de ese descubrimiento ese día, Debby y yo lloramos, revelamos nuestras inquietudes y continuamos siendo amigas. En un principio, debido a nuestros traumas previos, ese nuevo episodio de mi amistad con Debby comenzó a desarrollarse en forma lenta y cautelosa, pero con el paso del tiempo y tras evitar hablar de nuestros padres, volvimos a ser las mejores amigas. Más adelante supe que Debby nunca simpatizó con mi padre, ni aprobó su continuo comportamiento canalla hacia mí y mi madre. Tampoco aprobó la actitud de su madre, razón que la motivó a mudarse con su padre.

A pesar de todo lo acontecido, pareciendo ser un efecto karmático, la relación entre mi padre y Nancy no llegó lejos. Mi padre se enteró de que Nancy lo engañaba con otro individuo, la convivencia entre ellos se tornó imposible, y mi padre se tuvo que largar quién sabe dónde. Dos años después de disolverse la relación con mi padre, Nancy murió de cáncer. Su enfermedad se desarrolló de forma fulminante, y ni siquiera tuvo la opción de un tratamiento como mi madre. Solo Debby estuvo con ella durante su agonía.

Desde su ruptura con Nancy, mi padre emprendió una irreversible etapa de decadencia. Sus fracasos se sumaron, su tendencia a beber y su afán por las carreras de caballos se intensificaron, arruinándolo en varios aspectos. En una ocasión escuché que mi padre había sido visto esperando el autobús en la salida del club hípico. Al parecer ya ni siquiera poseía un automóvil. El tío George, por el contrario, siempre fue prudente con sus vicios y no permitió que se interpusieran en la senda hacia su felicidad.

Viva la vida

CAPÍTULO 13

Tarde o temprano, tras creer por años que había sido abandonada por todos, comprendí que esa no era del todo mi realidad. Aún tenía a mi madre, al tío George y a Debby y, por cierto, mi voz prodigiosa —como los demás la llamaban— tampoco me había abandonado.

Seguido a la larga etapa de dolor, me reintegré al canto. Alentada por mi madre y el tío George, como siempre, ingresé en una escuela de canto avanzado, lo que me permitió perfeccionar mis capacidades. Transcurría el tiempo y mientras aprendía a cantar participaba en varios eventos musicales, hasta el día en que se presentó mi gran oportunidad.

Después de escucharme cantar en una función local, conocí a Mike Burnet, un sujeto que me aseguró ser mi descubridor. Cuando confirmé sus credenciales, entendí el significado de conocer a semejante individuo. Mike Burnet era un eminente productor musical, que había llevado a la fama a un considerable número de celebridades de la música. En una etapa inicial, como lo estipulaba la sociedad alcanzada con ese formidable contacto, y tras dejarme asesorar por su extensa experiencia, comencé a participar en eventos musicales locales y nacionales, y más tarde, en eventos internacionales, hasta alcanzar mi primer gran logro. Luego pude vislumbrar que la época ominosa de mi vida había quedado atrás, y entonces era tiempo de triunfar.

Antes de cumplir quince años de edad, recibí la alentadora noticia: había sido invitada a Austria a cantar con los niños cantores de Viena.

Quizás por ser mi primera experiencia de importancia fue la más bella. Permanecí tres meses en Europa, donde recorrimos cantando diversas regiones del viejo continente, y sin objeción, esa fue mi mejor carta de recomendación. Al regresar a mi hogar, mis admiradores no me dejarían descansar, pero no me importaba, puesto que amaba mis nuevas circunstancias. A continuación de esa gran aventura, recibí más invitaciones, propuestas y contratos para cantar en un sinnúmero de rincones del planeta, que jamás me imaginé que conocería. Durante los siguientes veinte años continúe actuando, mejorando mi calidad de artista y progresando; lo que me significó mayores oportunidades aún, como mi participación en la ópera de San Francisco, en diferentes obras de teatro, y presentaciones en Nueva York, Londres o Toronto, entre otras. También recibí una valiosa invitación para cantar ópera en la Scala de Milán, el más prestigioso teatro de ópera de todos los tiempos, el templo de la más gloriosa tradición operística italiana. Sin discusión, cantar en la Scala de Milán durante una temporada completa fortaleció mi imagen y me consagró como una celebridad internacional. Así me convertí en Cristina Ivanov, la soprano reconocida a nivel mundial, que había adoptado como nombre artístico el apellido de su padrastro, George Ivanov.

Gozaba de una exitosa, lucrativa y acreditada carrera. Mi destacada posición me permitía participar en los más significativos eventos internacionales y pude aprender a cantar en más de doce idiomas diferentes. Debuté en el musical Gatos, El Fantasma de la Opera en Broadway, en los Juegos Olímpicos de Barcelona, y fui nombrada artista de la paz para la UNESCO, entre otros logros. He participado en funciones en compañía de artistas como Sara Brightman, Andrea Bocelli, José Carreras y muchos más. Durante los últimos veinte años, he triunfado como nunca antes me imaginé que fuese posible triunfar, en especial durante la peor época de mi vida.

Ahora comprendo lo cerca que estuve de desperdiciar esa riqueza divina que Dios nos concede, y perderlo todo en el absurdo y brutal colapso que sufrí en esa perniciosa fiesta de adolescentes traumatizados como yo. Pero creo que, alguna fuerza omnipotente, más las plegarias de mi madre, evitaron un trágico desenlace. Sin embargo, a pesar del maravilloso cambio ocurrido en mi vida, y tras someterme a una larga terapia psicológica que me ayudó a entender que solo había sido víctima de circunstancias adversas, no todo fragmento de esa época perniciosa quedó atrás. Logré bloquear las emociones viciadas en mi mente, pero el amargo recuerdo del sufrimiento vivido aún se encontraba en algún lugar recóndito, como un sedimento tóxico, en lo más profundo de mí ser, y ahí se ocultaría hasta el fin.

Es posible que, como consecuencia de mis traumas del pasado, a mis veintinueve años, evitara implicarme en una relación romántica formal o contraer matrimonio. Quizás me rehusaba a entregarme a alguien que me pudiese dañar como lo había hecho mi padre. Más bien, en referencia a ese tema, dejaría que el destino me sorprendiera.

Viva la vida

CAPÍTULO 14

Era el 7 de agosto del año 2015, y un importante evento tuvo lugar en el casino Mirage, en la ciudad de Las Vegas. Un exclusivo grupo de artistas americanos e internacionales fuimos invitados a participar en esa magnífica función presenciada en todo el mundo. Muchas celebridades asistieron al evento como parte del público, entre ellos el presidente y la primera dama de la nación. El espectáculo se organizó con el propósito de recaudar fondos en apoyo a las víctimas del catastrófico terremoto de Nepal; hecatombe que había cobrado miles de vidas y dejado a cientos de miles damnificados. En una única presentación por mi parte interpreté el tema *Ave María*, de Franz Schubert.

Cuatro horas duró la función y resultó ser un éxito magistral. Seguido a la ceremonia de cierre se dio por terminado el acto. Después del apoteósico espectáculo, descansaría una semana con mi familia en el lugar que llamaba mi hogar.

Al salir del casino, la limusina que me llevaría al hotel en el que me hospedaba se situaba un tanto distante, y debía esperar a que la larga fila de vehículos que recogían a los asistentes circulara hasta llegar a la puerta frontal del casino, donde yo me encontraba. Para evitar la espera, decidí caminar hacia la limusina. Tan pronto me alejé de la multitud y me acercaba hacia mi transporte, alguien se aproximó por un costado de la vereda por la que caminaba. Mis instintos me alertaron. Ignoré al sujeto que se arrimaba, y de forma simultánea apresuré mi avance hacia el vehículo que me esperaba. De pronto, lo inimaginable sucedió.

— ¡Cristi! —el sujeto me llamó.

Me aventuré a mirar quién me hablaba, pero no reconocí al individuo, que parecía intrigado al verme.

— ¿Lo conozco, señor? —pregunté sin detener mi avance.

—Cristi, soy tu padre, Robert —exclamó el hombre.

Reduje levemente la marcha, temiendo que se pudiese tratar de un delincuente. Luego, doblegada por mi curiosidad, le di un mejor vistazo al presunto familiar. Recién, en ese momento, percibí en su mirada una expresión ya conocida que, de inmediato, me transportó a otra época que desde hacía mucho tiempo trataba de no recordar. Detuve por completo mi avance para ratificar el insólito testimonio del inesperado personaje; lo miré con atención, y su presencia me sorprendió. Sin duda se trataba de él, pero todavía no comprendía cómo un ser había podido sufrir semejante metamorfosis en tan solo veinte años. Ya no era el hombre alto, bien parecido, vigoroso y seguro de sí mismo que un día conocí, más bien vi a un ser enjuto, envejecido, arruinado y con una actitud indigna. Aun así, y pese a su impresionante cambio, la expresión de su mirada era inconfundible. Era esa expresión que un día fue mágica para mí, que me proveía de la energía emocional por medio de la cual funcionaba mi ser, y cuya falta más tarde me indujo a perder la razón. Pronto, un extraño nerviosismo me poseyó, quizás provocado por el miedo a no reaccionar de forma adecuada hacia la inverosímil situación. No obstante, haciendo un extraordinario esfuerzo por conservar la cordura dije:

—Ya veo, y ¿qué desea usted, señor?

—Cristi —replicó el sujeto—, solo deseo conversar contigo un momento. Comprendo que te hice mucho daño hija, como también a otras personas. Reconozco que fui inmaduro y me odias por eso. Tienes la razón Cristi, pero quiero que sepas que hasta el día de hoy me arrepiento por haber escogido ese curso en el pasado, y te pido que me perdones. Cristi, quiero que sepas que nunca te dejé de amar; es cierto que no estuve cerca de ti, pero te juro que nunca…

Mientras el individuo exponía su disculpa, pude distinguir la gran desvergüenza que escoltaba su mediocre actuación. Además, aborrecía su iniciativa de acercárseme en la calle después de veinte años, como un vil asaltante, y, peor aún, calificando su conducta inmoral y canalla del pasado como inmadurez. En lugar de conmoverme, el inepto esfuerzo de mí padre biológico por reconciliarse me produjo indignación, e interrumpí abruptamente su desagradable retórica:

—Señor, todo eso sucedió hace mucho tiempo. Ya me he olvidado del pasado, hoy vivo una nueva vida y soy muy feliz con quienes la comparto. Por consiguiente, no se moleste en disculparse, ya no es necesario.

—Cristi, no me hagas esto, recuerda que aún soy tu padre. ¿Recuerdas aquellos días que pasamos juntos y fuimos tan felices? ¿Recuerdas que éramos amigos inseparables?

—Señor, usted dejó de ser mi padre cuando nos abandonó por otra mujer; el único padre que hoy reconozco como tal es el tío George, y desde su abandono no deseo recordar a nadie más.

— ¡Ese cretino! ¡No puede ser que me des la espalda por ese cretino!

El aparecido se lamentaba y algunas lágrimas brotaban de sus ojos, también expedía una especie de lloriqueo poco convincente. Creo que solo buscaba compasión por mi parte, mostrándose como una víctima.

— ¿Cretino? ¿El tío George? No, señor, él nos apoyó sin condición a través de esa etapa difícil. Él se ha ganado nuestro aprecio y seguirá siendo mi única imagen de padre. Ahora, si no le importa, mi vehículo me espera, me siento cansada debido a mi presentación y debo retirarme.

— ¡Cristi, tu reacción me parte el corazón! —exclamó el individuo alzando la voz.

—Lo siento, señor —repliqué. Creo que debe ser más tolerante.

Mi chofer había presenciado el improcedente acercamiento del extraño personaje, y de inmediato acudió a mi rescate. El traidor patológico quedó destruido por el resultado de su reciente y fallido intento de reconciliación. A continuación, yo creía caminar determinada y triunfante junto a mi chofer. Sin embargo, por un instante, algo me impulsó a desistir de mi postura. Por un instante atiné a detenerme, quizás para recapacitar y llamar a ese sujeto, que en realidad era mi padre biológico. Sin poder explicar la razón, en ese momento me sentí controlada por la adicción a ese ser que había significado todo para mí. Debió de ser la expresión de su mirada, el color de sus ojos. Los mismos que ahora lucían más opacos que antes, pero aún conservaban ese tono azul mar. Sus ojos, su expresión, ¡cómo podría olvidarla! A pesar de haber pasado veinte años, parecía que había sido ayer la última vez que fui cautivada por la ternura que la misma reflejaba. Entonces recordé con claridad a ese hombre a quien tanto amé y que por años esperé. Luego, pretendiendo reconsiderar la situación desaceleré mi marcha, y una poderosa fuerza me sometió y mi actitud se volvió inconsistente. Me sentía abrumada por no poder reaccionar de manera concluyente. Dos entidades antagónicas luchaban con obstinación dentro de mí, y la debilidad parecía superarme, pero no deseaba cambiar mi actitud, ni humillarme ante el aparecido después de tanto luchar para sobreponerme a mi lejano dolor. Antes de comportarme de forma inapropiada recordé el sufrimiento causado por ese ente en el pasado, y su insensibilidad hacia nuestros momentos de tragedia, y, finalmente, mi intenso rencor reprimido por décadas me impulsó a continuar caminando hasta llegar al vehículo. Mientras subía a la limusina vacilé una vez más, hasta que, de una condenada vez, ingresé en su interior. Una grata sensación de tranquilidad me poseyó, quizás porque en esa bóveda con ventanas me sentía protegida y aislada del peligro que significaba estar cerca del infame sujeto que aún poseía el poder de volverme vulnerable a su persona y convertirme en presa de su desfachatez.

Más tarde, tras reflexionar, admití haber sufrido de una recaída emocional, como resultado del trauma creado por un individuo egoísta y despiadado, que pretendía encontrar una brasa ardiente en las cenizas del pasado, o que quizá tan solo buscaba dinero, no lo sé.

Nos retirábamos del lugar, y el sujeto que se había presentado como mi padre caminaba paralelo a nuestro vehículo. Su paso era menos enérgico que el que antes lo caracterizaba, y se cubría con una chaqueta delgada con el cuello levantado para enfrentar la fría noche. Pasamos junto a él y nos dio una última mirada. Parecía agobiado por las circunstancias adversas, no tan adversas, pensé, como pasar horas sentada en una dura roca camuflada por arbustos pedestres, sintiéndote deprimida, y expuesta al frío y a la lluvia esperando que tu padre regrese a tu hogar.

Viva la vida

EPÍLOGO

La limusina continuó en dirección al hotel en que me hospedaba. Había sido un día largo y agotador. Además, al día siguiente debía madrugar y volar a Los Ángeles. Después de dos semanas sin verme, mi madre y el tío George me esperaban ansiosos. Y por cierto, También me encontraría con Debby, y por la noche saldríamos a divertirnos como siempre hacíamos en nuestro poco tiempo libre.

Viva la vida

Víctor Rey nació en Santiago de Chile y ha residido en Los Ángeles, California, los últimos cuarenta años. Es un amante del arte, de la literatura y de nuestra enigmática existencia. Ha realizado una serie de trabajos en diversas áreas y con diferentes características, pero muchos de ellos insatisfactorios espiritualmente. Hoy es un vendedor de arte y también se dedica a la actividad que representa su mayor pasión: escribir, como esta emotiva novela titulada *Viva la vida*, una cruda pero vivificante historia inspirada en la experiencia real vivida por unos amigos del pasado. Ellos, finalmente, superaron la traición de su padre y lograron prosperar, pero no así Cristina, quien pudo rehacer su vida, pero siempre dependió del amor por su irreflexivo padre. Después de esta, Víctor Rey publicará una serie de novelas escritas a través del tiempo, para así deleitar a los lectores con un trabajo que ha costado años concretar.